누가 우리의 안부를 묻지 않아도

윤석정

시인의 말

　지난 십 년 나는 나를 걸쳐 입고 나의 바깥을 맴돌았다.
간간이 시를 썼고 누구에게도 안부를 묻지 못했다. 이제
바깥의 반대편을 모르겠다. 반대편 입구는 아예 없어졌
거나 어딘가로 숨은 게 아닐까 싶었다. 이대로 살아야 할
것만 같았고 막연히 견뎌야 할 것만 같았다. 시 쓰는 일을
그만두면 바깥 생활이 조금은 편해질 것만 같았다. 그런
데 십 년 동안의 시를 한데 엮으며 알았다. 시가, 그리고
무궁한 당신들이 나의 바깥이었다는 것.

2021년 1월

윤석정

누가 우리의 안부를 묻지 않아도

차례

1부 어둠이 어둔 살을 다 게워내도록

2부 시간을 뭉치면서 자라는

3부 비의 심장을 두드리는 새

4부 아무도 모르게 찬연하다가

해설

1부

어둠이 어둔 살을 다 게워내도록

스물

뭐든 아주 간절했던 스물 멋진 연애는 없었지만 어설
프고 혹독한 낭만이 있었지 자취방 보증금을 잃어버렸
다는 동기생이 내 단칸방으로 기어들어 왔고 한 달이
지나 그에게 방을 내주고 시가 술술 나올 것 같은 고즈
넉한 방으로 이사했어

지극히 낭만적인 선배들은 후배들의 용돈을 모아 술
을 마셨고 치기 아닌 치열을 원샷으로 가르쳤지 독설가
선배가 술자리마다 주량이 필력이라는 주정 아닌 주장
을 했고 이전보다 말수와 주량이 늘어 갔지 시를 가까
이할수록 시가 어려워졌던 나는 어떤 독설이라도 무조
건 믿고 싶었어 늦은 밤 술자리가 끝나면 나는 나보다
더 비틀거렸던 골목에게 길을 내주고 주저앉곤 했지

서른 즈음인 선배가 내 자취방을 찾아와 술상을 차
려 놓고 한두 잔 비우는데 그는 내 눈을 뚫어져라 쳐다
보면서 네 시는 사랑이 없어, 말했지 어리둥절했고 먹먹
했고 부끄러웠어 멋진 연애라도 해야 할까요, 묻지 않았

어 시가, 사랑이, 사랑이 있는 시가 뭔지 모르겠고 막막
했고 죄책감이 생겼어 시를, 사랑을 모호한 낭만으로 치
환했던 게 막연히 간절했던 게 최악 아닌 죄악 같았지

마흔

매일 전철을 탔는데 마흔 즈음에 마흔은 휘어진 마음을 뚫고 달려오는 전철이 보이기 시작했다

마흔 먹은 독수리처럼 부리는 길어질수록 휘었고 발톱은 안쪽으로 말렸으므로 마흔은 함부로 나불거리거나 아무나 할퀼 수 없다

마흔은 사직서를 마음에 개켜 놓았고 처자식이 두터운 날개였으므로 아무도 모르게 멀리 날아갈 수 없다

가슴 안쪽으로 파고든 부리처럼 마흔 번 휘어진 마음을 떼어내면 다시 자랄 마음이 있을까 오늘도 막차를 놓치지 않으려고 마흔은 마흔을 뚫고 달려왔다

커서의 하루

　　현기증 나는 수신함을 비운 나는, 비워도 가벼워지지 않은 나는, 가볍게 사는 게 뭔지 모르는 나는, 커서 없이 아무것도 할 수 없는 나는, 정원이 없는 나는 매일 정원을 헤매는 나는, 무수히 나를 복제하는 나는, 심장처럼 깜박이는, 식물 없이 가꾼 정원에 사는, 하루를 시작하는, 앉았다 일어났다 오전을 보내는, 오후로 접속하는, 정원을 넓히는, 멀건 눈동자 같은, 의자에 기댄, 벽을 열면 벽이 열리는, 더 커지지 않는, 문서를 열고 닫는, 앉았다 일어났다 접힌 뱃살을 만지는, 뻐근한 허리를 펴는, 체중이 부푸는, 팔을 번쩍 올리지 못하는, 불감증에 걸린 잡식성 같은, 벽이 출렁이는, 열었다 닫았다 우왕좌왕하는, 심장 없이 정원에 사는, 앉았다 일어났다 안부를 묻지 않는 수신함을 열었다 닫았다 매일 정원을 헤매는, 나보다 현기증 나는 커서가 나의 하루를 가벼이 껐다

미지의 나날

나이를 들어도
비슷비슷한 나날들의 미묘한 차이를 몰라
나는 차이에서 막막하고 나날에서 막연하다
나날들의 이름에 얼굴이 있을 텐데
내가 알 수 없는 얼굴들은 어둡다

휴대 전화의 이름을 들여다보다가
그의 얼굴이 떠오르지 않아도
동명이인의 얼굴들이 마구 겹쳐도
혹여 그가 최초의 내 얼굴을 이미 삭제했더라도
나는 알 수 없는 얼굴들의 이름을 지울 수 없다
그의 이름은 미지이므로
때때로 해묵은 일기장 속의 얼굴들이
영영 다다를 수 없는 미지의 저편처럼
점점이 어두워지고
내가 관통했던 시공의 얼굴들은 검정으로 변했으므로

하여 내게 미지의 나날은 검정

미지의 이름은 최초의 어둠
영혼은 투명
나의 얼굴에 영혼이 담겨
나의 이름도 투명이어야 될 텐데
나이가 들수록
최초의 얼굴들은 밥 먹듯 나날을 바꾸더니
막막하고 막연한 생이 된다

어깨들

어깨 부딪히고 어깨 치이고
어깨 피하려고 옆으로 걷고

어깨 끼어 시간 끼어
앞으로 걷고
천변 걷는 여자처럼
뒤로 걷고

출근하는 어깨들
어깨 숙이고 어깨 내밀고
바삐 더 바삐 걷고

터널의 어깨를
지상의 어깨를
어깨들 잔뜩 채워 넣고 지하철은 달리고

구부정한 어깨들
손바닥 화면 속으로 달리고

당신은 지금 늦은 저녁
나는 지금 이른 아침
우리는 서로 다른 시차의 어깨들

지하도를 빠져나온 어깨가 턱을 내밀고
구부정한 한숨 몰아쉬고
이 길을 전진하는 어깨들

살자, 돼지

길보다 긴 퇴근길의 멱살을 잡아 막고깃집 구석 자리에 앉혔다 돼지고기 탄내가 어둠에 뒤섞이면서 한 번뿐인 이번 생은 망했다고 어둠이 소화가 덜 된 어둔 살을 게워냈다 오갈 데 없는 고양이가 길 잃은 살들을 지켜봤다 그럼에도 살아야겠다고 취한 생들이 앵앵거렸다

배고픈 짐승에게 양심 있는 사냥이 있을까 양심보다 불룩한 배 속에 구운 살코기를 쑤셔 넣었다 발톱을 감춘 고양이의 눈초리가 살짝 흔들렸고 흐느적거리는 생의 살들을 맛보듯 혀를 날름거렸다 어둠이 어둔 살을 다 게워내도록 사냥터에서 나갈 길을 지우고 있는 단 한 번뿐인 생들 살길을 따라 고양이보다 살살 사냥터를 거닐었다 막막하게 막고깃집 건너편 막고깃집 옆 막고깃집 건너편 막고깃집 옆 막고깃집 건너편을 헤매듯이

막고깃집 구석 자리에 엎드린 돼지가 안 돼지, 망할, 돼지, 살면, 돼지, 살자, 돼지 취한 말들을 꾸역꾸역 삼켰다

잃어버린 도장

도장이 사라졌다 길을 잃은 아이처럼
아무리 길을 더듬거려도 어디로 갔는지
누가 가져갔는지 알 길이 없었다
지금껏 나는 몇 번이나 도장을 찍었던가
이사 때 혼인신고 때 보험계약 때 꺼내고
항상 제자리에 넣어 둔
초승달과 샛별과 바람과 물고기가 새겨진 나무도장
한때 나의 증거였던 내가 사라졌다
사라진 길을 한참 더듬거렸더니
사라진 날인들이 살아났다
초승달과 샛별이 떠올랐고
바람과 물고기가 유영했다
그래, 내가 잃어버린 게 도장만이 아니었구나
집이 사라졌다 내가 나고 자랐던 옛집
한때 기와지붕 아래에서
곤히 잠잤던 식구의 이름과 장판에 남은 상흔들
벽을 도배했던 어린 글자들이 사라졌다
출가한 누나 방에 세워 둔 빨간 자개장롱이 사라졌다

어머니가 시집오면서 데려왔던
꽃사슴과 산새와 나무와 시냇물과
유행 지난 옷들이 사라졌다
장롱 속 손궤짝이 사라졌다
집과 논과 밭과 사주팔자와 이름 풀이가
수십 년간 동거했던 밀실이 통째로 사라졌다
한때 나의 증거였던 내가 사라졌다

오늘의 정류장

　오늘 회사에 지각하지 않으려고 서둘러 버스를 탔는데 한참 달리고서야 반대 방향임을 알았다 처음 본 길가 간판들을 무심히 읽다가 아득하니 흔한 도시 속을 달리다가 화들짝 이번을 놓치고 다음에 내렸다 길 건너 정류장으로 뛰어가 종점에서 출발하는 버스를 기다렸다가 멈춤을 모르는 시간을 다급히 확인했고 종점 다음 그다음 그다음의 다음… 가 본 적 없는 정류장들을 거쳐 올 버스를 기다렸다가 버스 도착 예정 시간을 확인했고 일 분이 지난 시간을 다시 확인했고 도착 예정 시간을 다시 확인했다가 오늘의 방향을 제대로 확인 못한 나를 원망했다가 내가 한심했고 뭘 그리 잘못했다고 나를 용서할 수 없다는 듯이 일 분마다 마음의 멱살을 잡고 마구 흔들었다 어디에 있는지도 모르는 마음이 대체 뭘 어쨌길래 사소한 일에도 마음을 잡아다가 못살게 구는 건지 어제도 그저께도 그그저께도 엊그저께도… 얼빠진 얼굴로 같은 정류장에서 출근하고 건너편 같은 정류장으로 퇴근했다 바쁘냐고 안부 묻는 사람이 도리어 바쁜 사람이듯 한 번도 한가하냐고 물어본 적이 없

었다 오늘의 십 분 한갓진 정류장에서 나를 확인했고
홀연히 반대 방향으로 마음이 도망갔다

거미집

종일 이삿짐을 풀며
집을 한 뼘 넓힌다는 게
풀리지 않는 숙제처럼
나에게는 아득하기만 했다

허물을 벗듯 정든 집을 떠날 때
살점이 다 떨어진 뼈 한 채 남았다

내가 이사를 다니며
오고 갔던 수많은 뼈들 사이에서
산이 자랐고
바다는 경계를 삼키며 출렁거렸다

뼈는 허공으로 집을 넓혔고
허공으로 이사를 했다
뼈의 살점처럼 달라붙던
팽팽한 삶과 느슨한 죽음이
간결한 겨냥도를 그렸다

속새질 한번 없이 번득이는 뼈 한 채
바람이 숭숭 지나가도록
넓게 낸 창에 달이 걸려 있다

뱃속에 알이 가득한 달이
이삿짐을 풀고 있는 나를 훑어봤다

코끼리들

전세 잔여금을 신기루에게 지급한 나는 코끼리 코처럼
늘어뜨린 넥타이 반쯤 풀고 신기루 부동산을 나왔다
손수건을 꺼내 땀 맺힌 목덜미를 훔쳐내는데
한 코끼리가 내 어깨 위로 기어와 길을 잃고
한참 두리번거리다가 손수건에 쓸려 떨어졌다

까맣고 작은 코끼리 떼가 내게로 몰려왔다
머리를 마구 흔들었더니 이내 사라진 코끼리들
남산타워 신기루를 봤던 어제도 그러했고
유람선 신기루를 봤던 엊그제도 그러했다
나는 코끼리가 되려다 만 어정쩡한 신기루
신기루 도시 한복판을 맴돌다가 그만
기다란 코를 잃어버린 나는 코끼리 아닌 코끼리였다

이사 갈 곳이 마땅치 않아 두리번거렸던 날마다
까맣고 작은 코끼리들이 신기루 동산으로 들어갔고
어영부영 따라간 나는 자주 길을 잃었다
전세금에 맞춰 들어간 코끼리 코만 한 단칸방에

가까이 있어도 가까워질 수 없던 코끼리들
남의 집을 제집처럼 쉴 새 없이 드나들었다
어쩌면 나는 코끼리에게 세 들어 사는 신기루인지도
몰라서
젖은 손수건으로 송골송골 맺힌 신기루를 훔쳐냈다
나는 개미굴처럼 꾸불텅한 골목 어귀로 기어가
축 늘어뜨린 넥타이를 질끈 조여 맸다

지금의 근원

일곱 살의 나는
일곱 개의 봉우리를 몰랐으나
일곱 굽이의 골짜기를 알았다
동무들과 칠봉산 개울에서
굽이굽이 숨어 사는 가재 잡고
물장난치며 놀았기 때문
그때 어슴푸레한 저녁의 몸을 껴입는
산그늘을 자주 보았다
한번은 수풀을 헤치며
저녁이 흘러내리는 길목을 따라
미지의 산을 탐험했다
일곱 굽이의 골짜기를 돌아가는
물의 근원을 진지하게 알고 싶었기 때문
산중턱에 다다르자
산이 오줌을 지르는 듯
물이 주먹만 한 구멍에서 쏟아졌다
그때부터 개울이 마르면
산도 시원하게 다 비웠구나 생각했다

일곱 번째 직장을 그만둔 나는
화장실에서 나온 듯
선명한 지금의 몸을 껴입고
일곱 살의 나에게 잠시 다녀왔다

절필

조금은 멍청한 생각,
매일 생활이 상상을 갉아먹으면
내 생활은 상상할 수 없겠지

조금은 없는 것도 있다는 생각,
오지 않을 것 같은 빈곤이 밥을 먹어
내 집을 사 준 대출이 집을 떠나지 않아
마음 없는 마음이 수시로
내 마음을 열어젖히지

조금은 흘린 생각,
흘려보내지 말아야 할 사랑 같은
잊지 못할 사람 같은
가사 없이 부르는 노래 같은

조금은 정돈해야 할 생각,
조금은 멍청하지 않은 생활이
나를 멍청하게 한 건지

어쩌면 붙들 수 있는 내가
생활을 멍하게 한 건지
내 마음에 들어왔던 마음을
내가 모른 척한 건지

아무리 생각해도 조금은 멍청한 생각,
다 읽지 못한 시집 같은
쓰다 만 시 같은
나는 매일 상상을 갉아먹으며
상상할 수 없는 생활을 하지

조금은 멍청한
어쩌면 조금은

물고기가 헤엄친다

속에서 태어난 물고기가 헤엄친다
시간 속을 바람 속을 구름 속을

물고기는 막막한 속을 훤히 들여다보려고
눈꺼풀을 달고 태어나지 않았다
물고기는 짱짱한 속을 헤엄치려고
다리를 달고 태어나지 않았다

우주를 떠다니는 우주선처럼
궤도를 놓아 버린 채
물고기가 헤엄친다
속에 비친 내가 육중한 지느러미를 달고
내 바깥을 헐떡거리며 헤엄친다

엉덩이

등을 타고 내려가면 언덕이 나오고 오롯한 언덕 사이
웅덩이가 있다
언덕과 웅덩이를 합쳐져 엉덩이가 되었다

엉덩이뼈가 살살 아려 왔다 여태 뼈를 만져 주고 풀
어 준 게 엉덩이였다
엉덩이는 고작 입에 풀칠하겠다고 넘어지지 않겠다
고 만날 뒤뚱거렸다
책상 앞에서 끙끙거렸다 엉덩이가 힘을 줄수록 흔들
거리던 마음이 새어 나오곤 했다

웅덩이 안에서 얼마간 고여 있어야 나오는 똥처럼 엉
덩이는 덜 여문 마음을 가뒀다
더러 술 취한 엉덩이는 잡히지 않는 마음을 잡으려다
되레 마음에 걸려 넘어졌다

뒤뚱거리던 엉덩이가 다시 의자에 앉아 끙끙거리는
동안 마음의 엉덩이뼈가 아려 왔다

2부
시간을 뭉치면서 자라는

시적인 실업

아무렇게나 팽개쳐 놓은 시집들
사이에
꽃 한 다발을 마냥 올려놨다
며칠이 지났는데
꽃이 시들지 않았다
화병에 꽃을 가지런히 꽂았다
꽃은 줄기가 잘려도
뿌리를 잊지 않았을까
꽃잎에 생기가 돌았다
식탁에 앉은 아내가
웬 꽃, 물었다
꽃이 죽은 줄 알고
버리려다가 살아 있어서,
나는 얼버무렸다
아내는 시적이라고 했다
요사이
아무렇게나 살았던 나는
낯이 화끈거려서

잠자코 밥알만 씹었다

등

    등이 가려웠다 등이 가려울 때마다 아프지 않게 등을 쓸어내렸던 손길이 그리웠다 내 손이 닿지 않는 거기쯤 당신이 고요히 앉아 있다 나무는 새가 새는 바람이 바람은 구름이 구름은 비가 비는 꽃이 꽃은 물이 그리울 때마다 등이 가려웠고 등에서 등으로 무럭무럭 자랐다 그날 당신은 등을 두드렸고 등을 돌렸고 등을 떠밀었다 뒤돌아보게 하는, 뒤돌아봐도 볼 수 없는 당신은 아련한 등이었다 당신이 불렀던 노래가 내 입가에 고요히 앉아 있고 내가 지나는 길목마다 밤이 등을 깔고 낄낄대다가 꺽꺽댔다 매일 등이 가려웠다

아스라한 국경

툇마루에 앉아 자라난 손톱을 깎았다
비가 또각또각 내렸다
잘려 나간 손톱을 모으다가 드는 생각
내 몸에 나도 모르게 자라난 국경이 있었다
애초에 한 몸이었던 손톱처럼
당신이 나를 떠나 또 다른 국경으로 갔다
국경을 넘을 수 없어 머리 깨지도록
마당에 처박히는 비가 국경으로 스며들었다

국경을 지나
인도의 다르질링으로 슬며시 들어갔던 그해
갠지스 강가에서 몸이라는 국경을 태워
국경이 없어진 사람들이 나의 유랑을 따라와
말없이 침대에 누웠다 나는 눅눅한 침대에 앉아
머리가 희끗희끗한 히말라야를 보는데
당신보다 먼저 내 잠 속으로 비가 스며들었다
잠든 사이 내게서 다녀간 국경 너머의 벼락이
찌릿찌릿 내 손톱 언저리를 매만졌다

벼락처럼 당신이 히말라야로 총총히 사라졌다

유랑을 신고 간 카카르비타라는 국경,
내 생의 중간 즈음이 될 성싶은 국경을 지나는 동안
내가 떠나왔거나 버리고 갔던 당신이라는 국경들이
내 마음으로 아스라이 스며들었다

얼굴의 노래

할머니를 이장하던 날
아버지는 세 살 이후 할머니의 얼굴을 처음 만졌다

사진 한 장 없는 할머니가 기억나지 않아
아버지는 얼굴을 더듬거렸다

아버지는 그리운 얼굴의 노래를 불렀다
울음이 없는 음정이지만 엇박자였다

끝 모를 침묵이 어긋난 박자들의 끝 음을 채웠고
아무도 원망할 수 없는 이별이 화음을 이뤘다

아버지는 뼛조각들을 가지런히 모아 놓고
할머니의 얼굴을 살살 만들었다

얼굴의 노래들이 둥글게 부풀더니
분명한 할머니의 얼굴이 떠올랐다

봄 편지

느닷없이 배달된 상자를 풀어 보니
텃밭에서 자란 봄이 옹기종기
내게 반질반질한 연둣빛 편지를 내밀었다
편지 한 움큼 들어 올리니
상자에 동봉된 어머니 얼굴이 나왔다

텃밭에 무더기로 봄이 왔다고
감정을 드러내지 않고
한 글자의 퇴고도 없이
반나절 이렇게 편지만 썼을 것이다

통화 몇 초로 전할 수 없던 봄
내가 인연에게 밤새 편지를 쓴다 한들
내 언어로는 완연한 봄을 쓸 수 없다

지금쯤 어머니는 텃밭에 글자들을 심어 두고
여름 편지를 쓸 준비에 바쁠 것이다
그렇게 봄날은 간다고 주근깨 같은 글자들이

봄볕에 그을린 어머니 얼굴에 박혀 있을 것이다

곡우穀雨

그때 처음 수돗물을 틀어 놓고 울었다
오래 저장된 눈물이 있다는 듯
걷잡을 수 없이 터져 나오는
수도꼭지처럼 잠글 수 없는

잠든 아버지 파리한 얼굴을 바라보았을 때
숨 막히는 병실을 빠져나와
복도에 서서 숨을 몰아쉬었을 때
정말 아무렇지 않았다

농사는 때를 놓치면 안 된다며
어머니 없이 입원한 아버지
더 늦기 전에 수술을 해야 했다
저물녘 나는 병실 앞 복도에 기대어
아버지 없이 못자리를 해야 하는
어머니에게 전화를 걸었다
내가 잠시 머뭇머뭇했더니
니 아부지 죽는다냐?

정말 아무렇지 않았다
그런 줄만 알았다

다 때가 있는 것인데
섣불리 목숨을 짐작했던 나는
가물던 마음을 들킨 듯
갑자기 울컥거렸고 몹시 요란했다

고백의 형식

당신과 내가 만났을 때 미래의 인연을 감지했거나 풋
풋한 떨림이 있었던 건 아니다 예상을 빗나가는 게 예
상이라면 당신과 나의 거리가 이토록 좁혀질 줄 몰랐던
그 순간 당신은 나에게로 나는 당신에게로 서로를 당기
듯이 이끌려 왔다 어느 봄밤, 벚나무 아래 앉아 당신은
깊어진 눈으로 나의 서툰 고백을 들었다 두근대던 나를
감추지 못했을 때 벚꽃들이 나를 휘감아 줬고 당신과
나의 거리에 내게서 이탈한 고백들이 수북이 쌓여 갔다
당신이 나라는 형식을 그러모았던 그 순간 당신과 나의
거리는 예상을 빗나가는 게 예상이 아닌 두 행성이 충
돌하여 합체되는 형식이 아닌 지구와 달이 평생 밀고 당
기듯이 가변적으로 형성됐다

최초의 말

눈금을 늘이듯 번식하던 말은 하품이었다 입을 닮은 낙엽에게 바람이 키스를 했다 당신과의 첫 키스는 잠깐의 망설임 이후 당신 입술의 감촉이 목덜미를 지나 발끝까지 짜릿했다 당신은 지루하지 않다 당신은 고요하다

내 입을 막아도 말은 연거푸 쏟아졌다 당신이 허虛한 말을 들으려는데 귀가하는 바람이 지나갔다 당신은 촛불을 밝히면 까르륵 웃었고 촛농처럼 눈물짓다가 사그라졌다 잠든 당신의 얼굴에서 낙엽의 잎맥처럼 그어진 눈금을 보았다 고요하게 요동치는 눈금을 더듬으며 바람의 입술 자국을 매만졌다 때론 점과 점 때론 점들이 연결된 선 때론 선들이 채운 면으로 근육이 이완된 말은 숱한 눈금이 되어 당신 얼굴에 있다 당신은 지루하지 않다

멀뚱히 당신의 입술을 들여다본다 매번 당신은 망설이는 내게서 짜릿한 최초의 말을 들으려 한다

봄봄

아내의 할머니 장례식을 마치고
아내의 임신을 알았다
다음 생의 시작은 둥글었다
무덤은 금방 만삭인데
아랫배는 서서히 불렀다

생은 태어나기 전 겉을 갖고 있다
나뭇가지 껍질 속 뿌리를 감춘 땅속
겨우내 봄이 자랐고
지구에 충돌한 운석처럼
아내와 내가 가까스로 만났다
그러니까 겨울의 자궁에
봄이 착상될 때까지
한동안 눈이 내렸다
녹았다 얼었다 녹았다
겉으로만 드러나는 사실,
봄이 올 때까지
아무도 봄을 알 수 없었다

그러니까 무덤에서 시작될 다음 생을
아무도 본 적이 없다

아내의 아랫배에서 봄이 꿈틀했다

박꽃

박 넝쿨이 인기척도 없이
지붕과 지붕을 잇는 동안
이파리 하나씩 펼쳐 놓더니
어스름 한 아름 끌어안더니
달빛 한 모금 삼키더니
화들짝 뱉어낸 박꽃

미역국이 팔팔 끓는 밤

뭉치는 시간

돌아보니 저녁이었다
집에서 빈둥빈둥 아무것도 하지 않아도
직장에서 업무에 몰두해도
저녁은 오겠지만
저녁이 점심을 당기는 동안
혼자선 아무것도 못 하는 아이가
갓 태어난 시간들을 뭉치면서 놀았을까
나는 점심을 잊은 것을
저녁이 되어서야 알았다
하루를 뭉치면 일주일이 뭉쳐졌고
일주일을 뭉치면 한 달이 뭉쳐졌다
눈덩이를 뭉쳐서 눈사람을 만들 듯
아이는 아내의 배 속에서 열 달 동안
둥글게 시간들을 뭉치면서 자랐다
돌아보니 아침이었다
나는 아침에 출근하고 밤늦게 퇴근하면서
시간을 펼치려고 자주 시계를 봤지만
매일 잠의 눈꺼풀이 두툼해진 아침이었다

우주가 한 덩이 뭉쳐 놓은
지구를 생각할 겨를도 없이
아침이 아침을 보내기 바빴다
어느 날 간판을 바꾼 식당
옛 간판과 주인의 얼굴을 떠올려도
직장을 떠난 동료의 이름을 떠올려도
아무것도 떠오르지 않았다
모든 게 두루뭉술하게 뭉쳐졌고 까마득했다
나는 시간을 뭉치면서 자라는 게 아니라
지구에서는 제아무리 안간힘을 써도
어김없이 녹아내릴 눈사람이었다
돌아보니 아이는 지금까지
내가 뭉쳐 놓은 시간들을 펼치고 있었다

3부

비의 심장을 두드리는 새

말 못 할 말

—백수광부白手鑛夫

절박한 말들이 절망할 테니 쉽게 말 못 할 말이거든
말을 말자

그는 탄가루와 땀내가 뒤섞인 작업복을 입었다가 벗
는다고
　문장의 모서리를 몇 번 접어 주머니에 넣고는
　비탈진 언덕을 다급히 기어오르는 눈발을 보았다고
　문장의 끝을 만지면 이루지 못한 사랑처럼 아팠다고
　밤새 마음에 불 지피려 했던 그는 어리석었다고
　눈 그치자 이력서를 들이밀듯 뜨는 별들을 보았다고
　밤하늘에 구멍을 뚫고 나온 막장의 말이었다고
　그때는 난로 옆에서 코 벌렁거리는 연탄을 보면서
　그도 발화를 기다리는 중이었다고
　이른 아침 버스는 고래 등허리 같은 산山을 지났고
　그의 주머니에서는 쉽게 쓰지 못한 문장들이 오물거
렸다고
　난로 옆에 앉은 그는 어쩔 수 없이 미혼이었다고
　떠난 사랑이 남긴 잿더미를 쇠수레에 담다가

57

오래 퇴적해 응어리진 행간을 파헤치고 파냈다고
　　읍내 장터를 떠돌던 눈발처럼 그는 낮아졌다고
　　인력 사무실 갈탄난로에 불을 댕겨도 쉽게 불이 붙지
않았다고
　　행간이 깊어진 절박한 말들을 구겨 난로 안에 던지려
했다고

　　나는 십여 년 만에 그의 문장들이 매장된 휴지통을
비웠다

밤의 병원

발들이 밤의 강가를 걷는다
휴식의 이면으로 자정이 흐른다
손들이 낚싯대를 드리운다
수면을 뚫고 나온 물고기가 중력을 잃고
물 밖으로 입원한다
밤의 자식들이 의자에 앉아
아무 말 없이 물의 결을 지켜본다
그 결들이 결의 결에 갇혀 허우적댈 때마다
아픈 마음들이 낚싯바늘에 꿰인 듯
물속으로 던져졌다 솟구친다
허우적거리던 미끼를 잃은 바늘들
허공으로 너무나 가볍게 솟구친다

생生이 사死에 갇힌 건지 사가 생을 가둔 건지
몸이 마음을 가둔 건지 마음이 몸에 갇힌 건지
눈물이 눈에 갇힌 건지 눈이 눈물을 가둔 건지

어둠에 가려진 얼굴을 비추는 액정들

손들이 만지작거린다
수만의 물고기들이 액정 속에서 헤엄친다
밤은 눅눅한 손을 뻗어 진찰하듯
몸들을 문지른다
야행성이라는 주삿바늘을 꽂는다
밤의 자식들은 병명病名을 모르므로
이 밤을 뜬눈으로 지새워야 하는 물고기처럼
계속 뻐끔거릴 뿐이다

잘린 손가락을 봉합한 자
찢어진 손을 붕대로 감은 자
부러진 왼팔을 깁스한 자
아픔을 잊게 하는 환자복을 입고
손들을 심장 위로 든 채
밤의 링거를 맞으며 강가를 걷는다

빨래

한밤중 이웃이 싸웠다
한방에 묶인 마음을 맞잡고 어퍼컷,
어퍼컷 욕설을 주거니 받거니
두 사람은 분忿이 다 풀릴 때까지
방구석으로 몰아붙였고
팽팽히 맞서다 빠져나왔다
별안간 나는 이웃의 속내를 알아 갔다
빨랫감이 방구석에 뒤죽박죽 쌓여서
옷을 건조대에 그냥저냥 걸어 둬서
두 사람 사이를 비집고 나온
악다구니가 바람벽을 뚫고 나와
한 시간 남짓 복도를 휘젓고 다녔다
얹혀사는 사람이 하숙생처럼 보였거나
얹혀사는 신세가 눈치 보였을지라도
이왕 한방에 묶인 마음 쉽사리 풀지 않고
꽉 붙잡고 싶었는지도 모를 일
아무도 현관문을 박차고 복도로 나오지 않았고
구경꾼들만 번갈아 현관문을 빼꼼히 열었다

초인종이 울렸다

연달아 복도가 싸움을 헹구기 시작했다

누가 낙타를 죽였을까

모래바람이 불더니
가지런히 누워 있던
낙타 뼈가 드러났다

모래사장에 누워 있던
불가사리가 딱딱하게 말랐다
개가 물고 뜯고 핥았고
집을 향해 짖었다
차라리 별이라면
개똥보다 못한 신세는 아니었으리
온갖 연한 살만 골라 먹고 쌌으니
달콤한 말들 얼마나 쏟아냈을까
밝히기는 오죽했을까
골치 아프거나 난감하면 피했던
낯짝이 딱딱했던 그는
누가 편이고 누가 적인지 몰라
전혀 무서울 게 없이 살았는데
그가 죽은 게 더 불가사의하여

그를 불가사리라 불렀다

누가 낙타를 죽이고 사막을 건넜을까
누가 불가사리를 모래사장에 버렸을까
은유만 남겨 두고

자라는 돌

그는 돌이 자라는 밭에 바람을 심는다
바람은 돌 틈에 웅크려 잠든다
누구에게도 눈물을 들키지 않은 태아처럼
바람은 밤새 살갗에 기대어 울먹인다
울음이 살갗을 찢고 나오면
그는 찢어진 자리를 봉합한다

오늘 그는 삽으로 흙을 파고 덮는다
곡괭이로 돌을 내리친다
어제 그는 칼자루를 쥔 백정
내일 그는 해부도를 든 의사
바람은 그저 잠든 시간이다

그는 돌을 내리친다
그는 사십 년 동안 쉴 새 없이 쪼개진 돌을 꺼낸다
돌이 돌을 낳는 듯 돌은 사라지지 않는다
그는 밭에 자란 바람을 꺼내고
몸속에 돌을 심는다

회오리치면서 자라는 돌
살갗을 찢어도 꺼낼 수 없는 돌
그는 하염없이 바람을 마셨다 뱉는다
수억만 개 바늘이 심장을 찌르는 듯
바람에 닦인 돌들이 총총하다

우리의 음악

두통

머리가 아프다 날마다 잠이 부족하다 머리가 깨질 것 같다 머리가 깨지면 죽을 수 있다 추워서 더워서 죽겠다 좋아서 미워서 배불러서 배고파서 우리는 죽겠다 도돌이표 그렇게 죽으면 세상에 살아남을 사람이 없다 우리는 죽는다 죽을 것 같다 도돌이표 살아야 한다는 변주곡을 듣는다 풍진 세상의 아픈 도돌이표

안부

날이 풀리자 꽃이 핀다 날이 꽃을 시샘하자 꽃이 견디다 진다 애인이 생기자 세상이 핀다 애인이 떠나자 세상이 견디다 진다 세상이 어두워지자 리듬을 잃어버린 우리는 울부짖는다 우리의 리듬은 야생음표 우리 속에서 날마다 울울창창하다 누가 우리의 안부를 묻지 않아도, 누가 시키지 않아도 야생음표는 피고 견디다 진다

잠

　돌고 돌던 시간을 잠재우다 잠시 잠든 사이 싸운 우
리가 피곤한 우리가 취한 우리가 사랑한 우리가 숨 고
르며 고랑을 일구던 시간을 잠이라 한다 어제는 잠 속
에서 유서를 써 놓았는데 잠을 통과하니 오늘은 봄이다
아팠던 우리가 졸음에 겨운 우리가 순한 우리가 숨 고
르던 우리가 잠을 음악이라 한다

비의 발성법

비의 협주가 막 시작될 무렵 조율하던 기타 줄처럼 비가 퉁, 바람에 휜다

나는 지상에 앉을 수 없는 새 바람조차 잡을 수 없는 리듬으로 태어난 새 비의 그림자 혹은 입 속의 허공 비의 연주에서 나와 바람을 타고 한차례 날아다녔던 나는 비와 비의 중간 즈음에서 머무는 새

나는 부드러운 울림통에 갇혀 비의 심장을 두드리는 새 비가 지상에 닿는 순간 혀끝을 돌돌 말아 버린 새 비의 말이라고 했으나 말이라 할 수 없는 벙어리 새

조율을 마친 기타 줄처럼 팽팽한 비가 퉁, 연주하는 순간마다 나는 소멸한다

우거진 봄

…어둠이 어둠을 자궁이 자궁을 아이가 아이를 소리
가 소리를 추억이 추억을 낳고 문명이 문명을 시대가 시
대를 가난이 가난을 낳고 흙이 흙을 뿌리가 뿌리를 꽃
이 꽃을 낳고…

저 봄이 계단에 누워 이 봄을 출산할 무렵, 천년만년
놓아둔 돌부처처럼 그녀가 앉아 있다 늙어 가는 지팡이
를 바구니 곁에 가로놓아 둔 채 그녀는 꾸벅꾸벅 그러나
고요하고 질긴 명상을 한다 바구니 속에는 얼굴이 얽은
칡뿌리가 지하생활에서 간과한 일광욕 삼매에 빠져 있
다 탄생이 비밀스런 태아들은 도처에서 자라나 그녀의
흙내를 맡으려 한다 문자와 숫자의 태아를 가진 적 없
는 그녀가 쪼글쪼글해진 자궁으로 깊숙이 웅크린다

저 산에서 이 산으로 빠져나온 뿌리처럼 그녀는 층
층이 너울진 넓적한 돌에 엉덩이를 묻고 오후의 태아를
마냥 보듬는다 지난한 명상이 옹알거리는 태아를 데리
고 계단을 오르내린다 저녁의 태아는 이들이 소란스러

워 바구니 속에서 뿌리를 깨문다 태아는 뿌리에 담겨진
어둠을 빨아 먹고 그녀 속으로 기어든다 그녀가 어둑해
진 몸을 풀자 그녀의 넝쿨손이 홀쭉한 얼굴로 뻗어 나
와서 검게 그을린 태아들이 그득한 바구니를 짊어진다
반질반질해진 넝쿨을 내밀며 돌계단을 살살 올라가는
저 우거진 봄

아픈 말

숨을 멈춘 채 몸속에 마음을 감추는 결빙
몸 밖 마음들이 염습하듯 그를 감싸는 결빙

그의 결빙은 부고와 동의어
결빙이 차단할 수 없는 결빙의 집
석삼년 방문한 적 없던 집의 결빙
처마에 짱짱한 고드름이 눈썹을 붙였다 뗐다
입을 벌린 적 없던 대문이 입을 다물지 않았다

전체 공개된 결빙의 집
언제까지 그가 머물렀을까
그가 남긴 말들이 고드름처럼 매달렸다
결빙된 그에게로 마음들이 흘러갔다
아무개는 목 놓아 그의 이름을 불렀고
아무개는 그의 생일을 축하했고
아무개는 그가 사는 나라에 대해 물었다

그의 이름만 머무는 결빙의 집

매일 해빙의 말들이 기웃거렸다

강의 간섭

—겨울에게

그럼에도 이제야 나는 간섭이 심했던 네가 그리워야 너는 나무를 흔들어 내게 한해살이 빼곡한 곡절들 적어 나뭇잎 엽서 몇 통을 보냈어야 너는 입 오물거리는 우렁이들이 돌멩이마다 달라붙어 낮잠 자도록 했어야 네가 혹독하게 간섭한 뒤에야 가장귀에서 새순들이 꿈틀거렸고 사방으로 들꽃들이 만발했어야 그럼에도 네가 간섭이 심하다고 징징거리던 나야 여태 철없이 흐를 수 있을 만큼만 갔지 어디 쫌이라도 정 붙일 데가 없었어야

네 간섭으로 내 살갗이 얼어 단단해지는 게 싫었어야 그게 냉동된 불감증 같아서 더 싫었어야 그렇잖아도 이놈 저놈이 찾아와서 똥오줌 싸지르듯 함부로 나를 요렇게 조렇게 막아대고 파헤치고 난린데 너마저 간섭해서 왜 나를 못살게 구는지 몰랐어야 참말로 간섭이 지긋지긋했어야 내가 가진 게 아무것도 없어 네가 눈보라 퍼부었다고 툴툴거렸어야 네가 보내 준 엽서는 읽지도 않았어야 네 꼴 보기도 싫다는 내색 못 하고 아무도 모르게 아래로만 흘렀어야 그럼에도 네가

74

내 이마에 입술 비벼대던 차디찬 촉감이 싸악 녹아 버
린 뒤에야 네가 그리워야

　너에게도 흐르는 일이 간섭 때문인데 나는 아무것
도 몰랐어야 간섭이 어디에서 어디로 흐르게 하는 줄
도 몰랐어야 그럼에도 네가 나를 그렇게 간섭한 뒤에
야 나는 더 깊이 흘렀어야 우렁이가 내 속을 헤집고 다
니도록 나무가 잎 밀어내도록 꽃마다 봉오리 나오도
록 나는 아무것도 모르면서 줄곧 간섭하고 있었어야

복어는 복어다

복어는 복어다 복어는 내장에 복어를 숨기고 아픈 눈에 아픈 눈을 감춘다 복어는 볼록하게 나온 복어의 배를 만진다 복어는 배고프지만 헛배가 불러 온다 복어는 배가 불러 오는 만큼 복어의 아이를 갖고 싶다 복어는 배를 내밀고 바다를 종횡무진 돌아다닐 땐 전혀 몰랐다 복어는 어묵창에 걸렸나? 복어는 끼니마다 손 등에서 벗겨낸 비늘을 쓸어낸다 복어는 아무도 복어를 찾아오지 않는 어시장 길목을 날마다 본다 복어는 졸음으로 꾸벅거리고 배 속의 복어가 파도치듯 흔들거린다 복어는 저무는 포구 한 자락에 있는 당집을 기웃기웃한다 복어는 비릿한 손으로 배 움켜잡는다 복어는 빗나간 점괘가 복어의 헛것이라고 한다 복어는 배가 불러 오는 만큼의 아이를 가지지 못한다 복어는 불쑥 얼굴의 주름을 구겨 가며 입을 벌린다 복어는 깊은 웅덩이에 숨겨 둔 독거를 드러낸다 복어는 헛배가 불러 올 대로 불러 와 거품을 게워낸다 복어는 붉을 대로 붉어진 아픈 눈을 좌판에 쏟아낸다 복어는 복어의 눈 속으로 몸 구겨 들어간다 복어는 복어다

종이 인형

　게걸스럽게 국밥 먹던 미친 사내처럼 미친 듯이 짖어대던 개가 종이 인형을 물어뜯는다 의뭉한 골목 어귀에서 나무의 냄새를 맡았나 아니면 사내의 냄새를 맡았나 개는 으르렁거리며 인형을 갈기갈기 찢는다 사내에게서 도망쳐 한참 모습을 감췄던 개 인형의 몸통을 앞발로 누르고 코를 종이에 밀착시켜 끙끙거린다 개는 나무였던 종이의 기억을 맡았나 잠시 입김을 뿜으며 입을 벌린다 날카로운 송곳니 사이로 송진처럼 끈적거리는 침이 새어 나온다 인형을 으스러지도록 씹어 먹더니 개는 사내처럼 골목을 뛰쳐나간다 종이 여러 겹을 하나로 덧붙여 만든 인형이 해부된 시체처럼 심장과 내장을 드러낸 채 가만히 누워 부러지고 잘린 나무들을 쳐다본다 개가 사라지기 전날 본 미친 사내의 딸처럼 일어설 수 없는 종이 인형처럼 실종된 얼굴들이 골목에 겹겹이 덧붙여진다 철거 지구의 골목이 미친 듯이 핼쑥한 얼굴들을 찢어발긴다

로봇 0호

오십 살 영호 씨는 공허 속의 고물,
버린 짐짝 같은 흉물이 됐다
주물공장이 헛물켜던 때부터였다
영호 씨의 관절을 움직였던 모터가 멈췄다
모터에서 번쩍 수백만 볼트의 불꽃이 터졌다
사랑의 기억장치가 리셋됐다
영호 씨 모터를 누볐던 기름이 제자리에 멈췄다
기름 한 방울 한 방울 가슴 언저리로 새어 나왔고
영호 씨는 급속도로 녹슬었다
최신식 모터를 장착했던 첨단의 과거
영호 씨는 사랑의 형식을 반복하여 생산했고
주물공장은 모든 형식에는 유행이 있다고 했다
유행이 지나면 다른 유행으로 대체되고
또 다른 영호 씨로 교체되는 시스템 속에서
영호 씨의 기억장치는 해당 사항이 없었다
영호 씨는 반복의 형식을 반복할 뿐
반복되지 않는 사랑의 형식이 주입된 적이 없었다
사랑을 포기한 사람처럼

비에 젖지 않는 공기처럼
오십 살 영호 씨가 주물공장 뒤란에 있다

달 스위치

달에 가 봤다는 사내
달덩이 안고 노숙을 한다
허풍이 잠꼬대처럼 풀어진다

달에 가 봤다는 사내
소주병을 한눈에 갖다 대더니
달에서 바라본 지구가 한눈에 그득해
달은 초호화 저택 같았다 너스레를 떤다

달에 가 봤다는 사내
너른 달 방에서 혼자 지내기 너무 외롭고 쓸쓸해
다시 지구로 돌아왔다 고백을 한다

달에 가 봤다는 사내
허풍 그득한 배꼽이 스위치처럼 드러난다
시커멓게 그을린 스위치를 누르면
달덩이가 사르르 녹아 빛을 낼 것 같다

달에 가 봤다는 사내
달 스위치를 끄고 잠꼬대를 풀어낸다
누운 자리가 달 방보다 더 안락했는지
허풍처럼 코를 곤다

4부

아무도 모르게 찬연하다가

앉은잠

한낮의 볕이 침대에서 한소끔 끓다가 거의 다 식어
갈 때까지

한 뼘도 움직이지 않고 쪽창 아래 의자에 앉아 있는

잘게 부서지고 흩어지다가 갑자기 가늘어진 볕을 쬐
고 있는

하루하루 손꼽아 기다렸던 일일연속극처럼 기억의
채널을 돌리는

목구멍에 자란 병을 절제하면서 니은 모양으로만 자
야 하는

밤새 침대에 눕지 못한 잠 떼가 몰려와 자기도 모르
게 눈을 풀었다가 잠그는

어느 채널에 지난날을 통째로 붙잡히고 남은 시간의

초침을 세듯 머리를 꾸벅거리는

죽을 때까지 침대에 바로 누울 수 없는

사람, 한때 사람 형상이었다가 폭삭 사그라지는

꽃의 시말서

그간 잘 지냈죠 먼저 와서 기다렸어요 생을 마감하는 날에 쓴 시, 더는 퇴고할 수 없는 시를 생각했어요 아무도 모르게 찬연하다가 시들시들하다가 말라비틀어지겠죠 끝끝내 바람에 부서지고 흩날리겠죠 저는 피고 지고 해요 마감 없이 반복하는 생각, 낡아 버린 생각을 잇다가 여기 태어나 처음 든 생각에 가닿아요 자주 계절을 잊어버려요 아아 계절을 기다렸어요 도무지 알 수 없는 처음과 끝처럼 도저히 이해할 수 없는 아름다운 시처럼 가만가만 눈이 내려요 바람이 얼어 가는 저를 흔들어요 잘 지내요 먼저 가서 기다릴게요

불쌍한 인간

—Rapper PTycal(1981-2020)

　누가 뭐래도 하고 싶은 건 해야 했다 노래하고 싶어 죽어라 노래했다 마이크를 도낏자루처럼 움켜쥐고 가사와 박자를 쪼갰다 무대가 빠개져라 방방 뛰었다 손을 머리 위로 치켜들고 아아 에에 외쳤다 이상하게 노래를 부를수록 목이 타들어 갔다 슬슬 마음이 무대 바깥으로 기우뚱했다 시 쓰고 싶어 죽어라 시 썼다 진짜 시인이 되겠다고 어둑한 방에서 몸 웅크리고 입을 앙다물고 펜을 움켜쥐었다 쑥과 마늘만 씹어 삼킨다 해도 해갈의 시를 쓰겠다고 마음먹었다 시어의 목 깊숙이 파고들수록 목이 더 말라 갔다 객기라 해도 좋고 치기라 해도 괜찮다 매일 잘 마시지 못하는 술을 마셨다 조금만 덜 치열해도 될 것을 극에서 극으로 살았다 내가 아무것도 아닌 게 싫어 진짜 인간이 되라고 강요했다 진짜가 뭔지 몰라도 죽어라 노래했고 죽어라 시 썼다 끝끝내 하고 싶은 건 해야 했다 만약 누가 시켜서 했다면 나는 불쌍한 인간일 텐데 내가 하고 싶어서 했으니 그만 됐다

말 못 할 말 2
—유람선

오후 내내 반쯤 언 강을 바라보던 그가 신발을 벗고 웃옷을 벗었다 난간에 옷을 걸쳐 놓고 신발을 가지런히 놓았다 강바람이 살갗을 긁어댔다 절망의 먹살조차 잡아 본 적 없는 손으로 얼굴을 감쌌다 덜 깎인 턱수염을 쓸어내렸다 아주 느리게 손이 떨려 왔다 유람선이 대교 밑을 느리게 지나갔다 국적 불명의 음악이 잠시 크게 들렸다 작아졌다 그는 도돌이표처럼 떠도는 음악 너머를 생각했다 유람선이 갈 수 없는 그 너머에서 어떤 이들의 울음은 노래가 되고 눈물은 얼음이 되었다 그는 뻐근해진 목덜미를 매만지더니 먹구름이 점거한 지평선 너머로 고개를 돌렸다 음표 하나가 그의 속눈썹에 내려앉았다 눈을 깜박여도 쉬이 떨어지지 않았다 일제히 맨몸으로 떠나왔을 음표들이 흩날렸다 건반처럼 강의 이마를 흑백으로 수놓았다 그의 거뭇한 얼굴에 매달린 음표들이 눈물을 내밀었다 그는 떨리는 손으로 얼굴을 훔쳤다 신발을 신고 웃옷을 입었다 주머니에 손을 찔러 넣고 걸었다 유람선이 도착한 선착장으로 느리게 갔다 쉴 새 없이 꼬리를 흔드는 음표들이 그를 따라왔다

21그램

1

이상해, 더 이상 배가 고프지 않고 춥지 않아 난 내 몸을 빠져나가는 중인가 봐 영혼의 무게가 21그램이니까 지금 난 21그램일 거야 답답해, 갑판을 뚫고 나갈 수 없어 나는 내 몸만 빠져나갈 수 있나 봐 세월의 무게가 6835톤이라고 했지 난 고작 21그램인데 세월의 갑판 속에 갇혔나 봐 너무해, 21살에는 올리브처럼 허리 잘록한 여자와 연애를 하고 뽀빠이 아저씨처럼 힘이 센 수병이 되어 저 수평선 너머 세상 구경이나 실컷 해 볼까 했는데

2

가만히 있어? 여기 가만히 있으면 커다란 입들의 밥이 될 거야 뽀빠이는 시금치의 힘으로 불트에게 잡힌 올리브를 구했잖아 뽀빠이가 가만히 있지 않아서 올리브를 되찾을 수 있었던 거야 아무도 세월의 갑판을 찢고 날 구할 수 없잖아 왜 가만히 있어? 난 여태 가만히 있었잖아 가만히 책상에 앉아 창문 너머 새 떼들을 못 본 척했고 매일 가만히 앉아 책 속에서 세월을 찾아 헤맸잖아 사실

난 망망대해에서 세월이나 낚으며 살까 했는데

3

세월아, 저승을 1미터쯤 남겨 두고 어디로 간 거야 물안개 뚫고 파도 싹둑싹둑 자르던 칼날을 치켜들고 춤을 춘 거야 새들아, 바다에 퐁퐁 빠져서 이별의 노래를 부른 거야 저물녘 노을은 아무도 데려가지 못했잖아 그래, 칼날이 미친 듯 춤출 때 난 검은 물을 반쯤 삼켰고 필사적으로 몸부림치다가 춥고 배고파 애처로이 떨었잖아 그래, 세월이 무슨 죄야 대수롭지 않게 세월을 바다로 보낸 게 죽을죄잖아 그래, 바다는 소름 끼치거나 섬뜩하지 않아 바다는 커다란 입을 벌려 세월을 꿀꺽 삼킬 뿐이잖아

4

오늘은 풍요로운 날이야 여기저기 물고기들이 새 떼처럼 몰려다니거든 지금 난 21그램의 물고기가 되어 자유로이 헤엄치는 중인가 봐 기억해, 네 눈물 속에 팔딱

이는 내가 있으니까

노래 아닌 노래

오월, 그날의 노래가 하늘에 퍼졌어요 지상에 없는 악기를 가진 것들은 치밀한 살육에 심취한 악귀였어요 그것들은 닥치는 대로 쏘고 찌르고 쓰러뜨렸어요 사람의 피가 담긴 술잔을 치켜든 채 노래했어요 멸시가 파멸로, 살기가 독살로 변주하는 노래 아닌 노래였어요 죽은 짐승의 눈알을 파먹고 날아간 까마귀처럼 그것들은 떳떳이 노래했어요

사월, 그날의 노래가 바다에 퍼졌어요 바다에 없는 악기를 가진 것들은 아무리 들어도 들을 수 없고 아무리 채워도 채울 수 없는 노래 아닌 노래에 심취한 악귀였어요 그것들은 아이들의 청아한 합창을 들을 수 있는 귀가 사라졌지만 강철 갑판보다 두꺼운 입술로 열창했어요 그것들은 몸을 숨긴 채 이상한 굉음을 내지르며 바다를 찢어댔지만 바다는 일렁일 뿐 깊숙한 속살을 드러내지 않았어요

바다가 부르는 노래는 풍랑이므로 높으면 높은 대로, 낮으면 낮은 대로 이 풍진 세상을 곡조에 얹었을 뿐이죠 그날 지상에서 바다로 수학여행을 떠나던 아이들은 귀

에 달라붙는 노래에 심취했다가 별안간 뒤집힌 바다의 속살을 보았어요 그것들은 거꾸로 선 노래 아닌 노래를 노골적으로 불렀고 거짓 울음을 바닷속으로 치밀하게 침몰시켰어요

불춤

불이 춤췄다
화가 난 마음을 태웠다

솔잎을 태웠고
가랑잎을 태웠고
찢어진 비닐 조각을 태웠고
산그늘을 태웠고
나무 쪼가리를 태웠고
불과 노닐다 불에게 쫓겨난 나는
안방에서 숨죽여 창밖을 내다봤다
어머니가 마당을 가로질러 와
부엌에서 부지깽이를 집었다

아궁이 앞 할머니를 태웠고
은행나무와 초가지붕을 태웠고
집채만 한 볏단을 태웠고
아무것도 몰랐던 나는
울부짖는 할머니의 식구들을 쳐다봤다

밤늦도록 불의 춤사위가 서러웠다

논길에서 풀과 춤췄고
산에서 나무와 춤췄고
실성한 사람처럼
한 여자가 불 속에서
옷을 움켜쥔 손을 휘저으며 춤췄다

다 태워야 멈추는 춤
철없이 태웠다
철들게 태웠다
아픈 마음을 태웠다

당연한 일

양변기에서 일어서자 허리가 굳어 왔고
바닥에 너부죽이 엎드렸다
갑자기 중심이 무너지니
당연한 것들이 모조리 사라졌다
꼿꼿이 서 있는 게 당연하지 않았고
한 발 한 발 걷는 게 당연하지 않았다
이때껏 걷고 차고 밟은 흙 돌멩이 풀
섭취량을 짐작할 수 없는 밥 술 담배
죽기 살기로 매달린 시詩
쓰고 찢고 불태운 시작 노트
너무나 당연해 기록하지 않은 무수한 목록들이
마구잡이로 스쳐 갔다
침대로 기어가 겨우겨우 드러눕자
통증이 허리둘레를 촘촘히 메웠다
이 와중에 출근을 걱정하는 내가 한심했다
막 등단했을 때 어머니가
시인은 가난하게 산다고 눈물을 훔쳤어도
결혼을 앞두고 직장을 그만뒀을 때

차마 예비 신부에게 말하지 못했어도
나는 내가 그렇게 한심하지 않았다
시인의 허리가 시였으니까
허리가 무너지니 중심이 사라졌다
허밍이 사라졌다
당연한 일들이 모조리 사라졌다

집 나간 옆집 개

— 골목

집 나간 옆집 개
이 골목을 지우면서 몰래
혼을 꺼낼 곳으로 숨었을 것이다

개 짖는 소리
문틈으로 몰려든 무더위보다
내 방 안으로 끈질기게 들이쳤고
골목의 언저리를 물어뜯었다

미친 새꺄 시끄러

집 밖에서 날뛰던 개에게 나는 소리쳤다
개는 골목을 빠져나간 혼에게 짖었을 것이다

마비된 왼쪽 다리를 끌어당기며
그는 밤의 골목을 오갔고
골목에 찌든 지린내를 풍겼다
그는 날마다 골목의 편린들을 그러모아

대문 안쪽에 쌓아 두었다

무더위가 시작될 무렵이었을 것이다
거나하게 취한 그가
세상 참 좆같다 소리쳤다

미친 새꺄 시끄러

누가 그에게 대꾸했다
밤의 골목을 물어뜯던
개 짖는 소리

늙은 개가 집을 나간 뒤
어느덧 무더위는 물러나갔고
이 골목에서 그도 지워졌다

항하사

흘러간 노래를 듣다가 희미해진 당신을 보았어
당신을 반복 재생, 잠을 자다가 가위눌릴 때가 있지
꼼짝 못 한 채 대책 없이 허우적거리는 마음
죽음을 목격한 듯 부릅뜬 눈
숨을 깊숙이 밀봉시키고 물속에 잠긴 기분
갠지스 강에서 화장火葬한 당신들
물살 따라 과거에서 미래로 흘러가지
오래전 당신에게 쓴 엽서처럼
꽃등燈을 띄워 보내는 밤
당신과 당신들을 애도하는 마음, 은하수로 보낼까
꿈결에 슬픔이 흐릿한 뭇별을 보았어
과거의 별빛이 내게 당도했잖아
가만, 나를 떠난 노래는 내게 당도하지 않았어
강어귀 어디쯤에 표류할 저 꽃등처럼
노래의 결말은 아무도 모를 거야
어쩌면 나는 출발한 적이 없어서 도착할 수 없는
나지막한 당신의 노래를 잊지 못했는지 몰라
이 밤, 흘러간 노래를 연속으로 들었어

죽은 당신에게 불러 주지 못한

당신은 누구인가

가위눌릴 때마다 당신이 나왔다 당신이 나를 붙들고
놓지 않았다 당신은 움직이지 않았다 꿈속 장면이 바뀌
지 않았다

어디로 가는지 몰랐다 당신이 말없이 걸었다 나는 당
신을 붙들고 따라갔다 갈참나무 아래서 당신이 말했다
우리의 시간은 켜켜이 들어찬 이파리 우리의 사랑은 허
공에 찍어 놓은 발자국

당신은 풀밭에 누워 풀피리를 불었다 피리 소리가 산
너머 달을 데려왔다 타원으로 발자국을 찍으며 풀을 뜯
었던 소가 잠들었다 나는 당신의 배 속으로 들어갔다
당신이 가랑이를 벌리고 가쁜 숨을 몰아쉬었다

당신이 누군지 생각나지 않았다

제가 지금 그렇습니다

십 년, 그럭저럭 자알 살았습니다 때때로 심장을 쥐어
짜는 울분을 감추느라 입을 악다물었습니다 당신과 이
유 없이 이별해야 했던 이유가 알람시계처럼 울었습니
다 타인의 나라에 세 들어 사는 기분이었습니다 국경을
건널 때면 제자리로 돌아오고 싶지 않았습니다 그렇습
니다 십 년, 가까스로 자알 살았습니다 뭔가 그만두는
일이 세상에 지는 것만 같아 참았지만 직장을 여러 번
그만뒀습니다 그사이 운 좋게 결혼을 했습니다 이 세상
에 불시착한 아들을 겨우 만났는데 아버지가 일언반구
없이 이 세상을 떠났습니다 그렇습니다 십 년, 뒤죽박죽
자알 살았습니다 이천구년 오월 이십삼일 아홉시 삼십
분에 당신의 시간이 멈췄습니다 그때부터였습니다 때
때로 저는 당신이 혹은 당신을 흘려보냈거나 당신과 흘
러갔던 시간을 여행했습니다 한 번도 만난 적 없던 당신
을 저는 여러 번 만났습니다 그렇습니다 시간여행자는
이미 온몸으로 살아냈거나 앞으로 살아내야 할 모오든
시간을 만날 수 있습니다 그리하여 시간여행자는 천형
의 고통을 감내해야 하는 사람일지도 모릅니다 우리의

여행이 그렇듯 여행을 마치고서야 뒤늦게 차오르는 마음이 있습니다 이 마음과 만나는 일 또한 천형일지도 모릅니다 제가 지금 그렇습니다

우는 냉장고

비 그치고 안개가 이불처럼 펼쳐진 새벽
젖은 나무들이 게워낸 꽃봉오리는
이역만리에서 달려온 저번 생들의 발바닥
이번 생을 살고자 저번 생이 딱 한 번
꽃신 신고 북쪽으로 행군할 채비를 했고
때마침 비는 나무의 발바닥으로 스며들었다
나는 겨우 목숨만 챙겨 왔다
내 마음에서 사는 것들은 안개보다 더 희뿌옇고
죽음에 얼룩진 발바닥을 가졌다
발바닥을 디뎌야 일어날 수 있듯
나는 죽어야 살아나는 것들을 생각했다
무덤 안으로 들어갔던 개구리들이
개울가로 기어 나와 알을 낳고 밤낮으로 울었다
우는 소리를 엿듣다가 방문을 닫으면
냉장고가 방구석에 웅크린 채 쉴 새 없이 울었다
마음을 열어젖히고 다 내어 준 서러운 목숨들
나는 내 마음에서 죽은 것들을 생각했다

아빠 생각

형과 함께 아빠 무덤에 갔다 소주잔에 술을 붓고 절
했다 일 년 동안 막 자란 잔디에 앉아 아빠가 건네준 잔
을 그러쥐었다 아빠는 거즘 매일 됫병 소주를 마셨다 평
소 말수가 적었던 아빠는 취해야 가두어 놓은 말들을
풀어 줬다 늦은 저녁, 품앗이 간 아빠를 찾아 동네 한 바
퀴 돌면 아빠 목청이 하도 커서 어느 집 술판에 있는지
금세 알 수 있었다 삭힌 홍어 같은 날들을 안주 삼아 형
에게 꺼냈더니 형은 아무 말 없이 아빠 무덤만 매만졌다
그날들의 형은 아빠보다 훨씬 더 무서웠다 휴일 대낮이
되면 어김없이 형은 마당에 나를 불러 놓고 논으로 밭으
로 나간 아빠 대신 내가 잘못을 저지른 부피만큼 벌줬
다 나는 술김에 형에게 따져 물으려 했다가 시방 따져 봤
자 뭐하겠냐는 생각 너머로 형이 아빠와 겹쳐졌다 남은
술을 전부 아빠 무덤에 뿌리고 벌떡 일어서자 오래 심장
에 감금해 왔던 말들이 도로 입 속으로 돌아갔다

야생의 음표

노지영(문학평론가)

> 가난한 내가
> 아름다운 나타샤를 사랑해서
> 오늘 밤은 푹푹 눈이 나린다
> ─백석, 「나와 나타샤와 힌 당나귀」 중

1. 오월의 눈

윤석정 시인을 처음 만난 건 이 노래 때문이었다. 그리고 사람들에게 지극히 사랑받는 「나와 나타샤와 힌 당나귀」라는 백석의 시를 대뜸 노래라고 먼저 말할 수 있는 것은 바로 윤석정 시인 덕분이었다.

탄생 100주년을 맞은 시인들을 기념하는 문학의 밤을 준비하면서 우리는 처음 만났다. 시인이면서 공연 연출을 겸하고 있다고 그는 자신을 소개했다. 2007년부터 시를 노래로 만드는 트루베르Trouvere라는 팀을 이끌고 있다고도 했다. 트루베르는 불어로 음유 시인이라는 뜻이라며, 그날 행사의 사회를 맡은 나에게 팀원들을 인사시켜 주었다. 시를 노래로 만든다면 시조창 같은 것인가, 그런데 왜 굳이 팀명을 우리말로 안 하고 불어로 지었을까, 반신반의하는 마음으로 나는 그날의 공연을 시작했던 것 같다.

제법 쌀쌀한 오월 밤이었다. 불이 꺼지고 조명이 들어왔다. 야외무대에서 몇 개의 코너가 소개되고, 시를 동작언어로 재구성한 마임 공연이 끝났다. 관객들이 숨을 죽였고, 조명과 관객이 끈끈해지는 시간. 낯선 전주가 흘러나오고 누구나 익숙히 아는 가사가 흘러나왔다. 백석의 시였다. "가난한 내가/아름다운 나타샤를 사랑해서/오늘 밤은 푹푹 눈이 나린다."

아는 시지만 다른 시가 되어 노래로 흘러나왔다. 가사에 입힌 선율이 푹푹 나리는 눈처럼 관객들을 부드럽게 감싸고 돌면서, 관객 모두 홀연히 다른 세계로 이동해 버린 느낌이 들었다. 가난한 내가 아름다운 무언가를 사랑하는 순간, 세상에 눈을 내리게 할 수 있다는 인과관계가 노래 속에서 번쩍 믿어지는 마법이랄까. 아마 그날 야외무대라는 공간의 성격이 시의 정황과 적절히 어울렸기 때문이었을 것이다. 인공적인 무대 장치라는 것은 관객과 세계를 격리하면서 또 하나의 세계를 펼쳐 주는 것인데, 마침 백석의 시 내용과 그 무대가 들어맞았다. 검은 밤, 희뿌연 조명이 눈처럼 푹푹 나리고, 낯선 선율이 나리고, "고조곤히" 주문하는 랩이 흐르고, 간간이 코러스처럼 "응앙응앙" 주변의 나무 잎사귀들이 바스락거렸다. 사랑하는 존재와 함께 있겠다는 의지 속에서, '오월의 눈'이 깊게 깊게 무대 위로 내리는 느낌이었다. 푹푹 하얗게 쏟아지는 야외무대의 조명 아래에서, 세속의 공간과 사랑의 공간이 환상적으로 분리되며 관객들은 "출출이 우는 깊은 산골"로 기꺼이 떠나고 있었다.

그 이후로도 이 곡을 들을 기회가 많이 있었지만, 그날의 공연에서 처음 만났던 이 노래는 오래도록 기억이 남는다. 공연이라는 것이 순간적이고 일회적인 속성을 지니기 때문에, 더욱 그날 공연의 분위기가 강렬하게 기억 속에 보존되고 있는지 모른다.

그 이후로 윤석정 시인과 나는 종종 만났다. 그는 시라는 것이 네모난 지면의 한계 속에서 좁아지고 납작해지는 경향을 누구보다 아쉬워하는 시인이었다. 시를 방화벽 안에 가두지 않고, 다른 인접 예술들과 상호 자극을 나누는 장르로 만들고 싶어 했다. 시인들은 물론, 배우, 마임이스트, 작곡가, 래퍼, 보컬, 연주자, 무용가, 시각예술가 등이 자유롭게 드나들며 교류하는 트루베르 크리에이티브라는 문화 창작 집단을 만들어서 시 문화 운동을 벌이겠다고 야심을 보였다.

시를 노래로 복원하고, 다양한 장르의 예술가들과 함께 공연으로 만들어서 시를 입체적으로 감각하는 무대를 만들고 싶다는 것이다. 개인 작업을 소중히 여기는 시인들에게는 보기 어려운 태도이고, 무엇보다 곤궁한 예술가들에게는 물질적 지원이 동반되지 않으면 불가능한 일처럼 느껴져서 나는 그의 몽상 섞인 야심 자체가 반가웠다. 노래가 풍장되며 언어의 잔해만 남은 시들이 수북한 현실에서, 충분히 필요한 접근이겠다 싶었다. 듬직한 풍채에, 부리부리한 눈으로 앞으로 하고 싶은 시 공연에 대해 마구마구 이야기할 때면, 어떤 여력이라도 보태고 싶은 마음이 들었다. 무엇보다 그날 그 공연에서 들었던, 백석의 노래가 참 좋았기 때문이었다.

2. 당신의 발성법

윤석정 시인이 꿈꾸는 작업은 생각보다 거창했다. 마치 고대 그리스의 시, 포이에시스poesis의 원형을 다시 회복하겠다는 것 같았다. 그는 뼈만 남은 시에 다시 리릭lyric의 선율을 입히고 때로 다양한 예술가들과의 협업적 공연을 통해 에픽epic과 드라마drama 형식이 가미된 종합예술을 실험하려고도 했다. 오늘날 포이에시스라는 말은 시와 예술의 기원을 말할 때나 한 번씩 거론되는 상상 속 동물같이 느껴진다. 포이에시스가 서정시$_{lyric}$라는 하위 장르의 개념으로 안착되기 시작하고, 그 '좁은 의미의 서정시'마저도 더 좁아지고 좁아지면서, 노래 또한 시에서 분리된 지 오래다. 이러한 추세는 장르 형식으로 정착되어, 오늘날 악기와 어울릴 법한 음송의 시들은 설 곳이 부재하다. 간혹 노래의 흔적이 섞인 시들이 등장할 때면 재래적 화법의 서정시가 아닌가 의심되었고, 촌스럽다, 안온하다는 평가가 꼬리표처럼 따라붙었다.

근대 이후 100년의 독서사 속에서 이러한 경향은 거스를 수 없는 시의 운명처럼 보였다. 1920년대 무렵, 전 인구의 90퍼센트가 문맹 상태였을 때는, 낭독과 음독을 통한 공동체적 독서가 장터 등 연희의 공간에서 살아 있었다. 시를 읊는 과정에서 시어 하나하나의 질료적 가치가 전달되고, 함께 향유하는 이들 사이에서 호흡과 선율, 내적 울림이 충만하게 공명할 수 있었다. 그러나 문맹 타파라는 기치 하에 근대적 독자들은 각자의 공간에서 지식 추구를 하며 책을 읽기 시작했다. 그런 읽기 문화는 시 장르에도 예외가 아니어서, 음독의 공동체적 독서가 사라지고, 묵독의 개인적 독서가 일반화되었다. 시가 책과 출판업의 유통 체제로 들어오기 시작하면서 문자언어에 대한 의존도는 점점 커질 수밖에 없었다. 권위 있는 지면을 숭배하는 창작 분위기가 만연할수록 문자언어에 특권이 가중되는 것은 당연했다. 좁은 지면 위에서 언어적 기예를 드러내는 검투사들이 암약하고, 이를 해독할 수 있는 소수의 시업가詩業家들이 전문적인 문학장을 대표하는 체제가 굳어졌다. 자기감정을 표현하고 감각하는 형식과 문학장에서 인증받고 각광받는 시 형식이 분기되면서, 시에 대한 독자들의 무관심도 일상화되었다. 그리고 오늘날까지도 이런 현상은 크게 달라지지 않았다.

거의 100퍼센트의 인구가 문맹 상태에서 벗어난 2020년 오늘, 시는 독자들에게 온전히 이해되고 있을까? 오늘날의 시들은 인간의 모든 감각을 충분히 열어 두고 있는가? 윤석정 시인은 축소된 시의 감각에 대해 누구보다 철저한 문제의식을 갖고 있었던 오늘날의 매우 드문 시인 중 하나다. 문맹은 없지만 주변에 시맹詩盲은 허다하고, 시는 독자로부터 가장 고립되어 있는 문학 장르 중 하나로 인식되고 있다. 오늘날의 언어 실험 위주의 시들은 해독의 출구가 열리지 않은 그대로, 문자중심주의를 옹위할 때가 많았다. 시를 향유하는 감각 중에 시각이라는 감각이 과잉 대표화되면서 말이다.

바라보되 보지 못하고, 존재하되 충만하게 감각되지 못한다. 엄연히 존재하는 시들이 지면의 언어에 갇혀 삶 속으로 흘러 들어오지 못하고 있다. 그래서일까. 윤석정 시인은 세상을 통각하는 살갗은 사라지고, 뼈대만 황량하게 드러나 있는 삶의 풍경들을 쓸쓸해한다. 현실과 소통하는 피부의 감각들이 소실되고, 문자의 잔해만 남아 있는 을씨년스런 다음의 풍경들은 오늘날의 시가 처한 현실이기도 하다.

"모래바람이 불더니/가지런히 누워 있던/낙타 뼈가 드러났다"(「누가 낙타를 죽였을까」부분)

"허물을 벗듯 정든 집을 떠날 때/살점이 다 떨어진 뼈 한 채 남았다"(「거미집」부분)

뼈만 남아 버린 세계가 엄연한 현실이라면, 그 정지된 사물성에 고요히 집중하면서 같이 뼈가 되는 방법이 있을 것이다. 그러나 윤석정 시인은 그 위에 어떻게든 "뼈의 살점"을 복원해 보려는 노력을 그치지 않는다. 뼈 한 채에 깃들어 있던 "팽팽한 삶과 느슨한 죽음"(「거미집」)을 상상하고, "뼛조각들을 가지런히 모아"

"얼굴을 살살 만들"(「얼굴의 노래」)어 보는 것이다.

> 아버지는 그리운 얼굴의 노래를 불렀다
> 울음이 없는 음정이지만 엇박자였다
>
> 끝 모를 침묵이 어긋난 박자들의 끝 음을 채웠고
> 아무도 원망할 수 없는 이별이 화음을 이뤘다
>
> 아버지는 뼛조각들을 가지런히 모아 놓고
> 할머니의 얼굴을 살살 만들었다
>
> 얼굴의 노래들이 둥글게 부풀더니
> 분명한 할머니의 얼굴이 떠올랐다
>
> ─「얼굴의 노래」 부분

아무렇게나 흐트러진 뼈들을 보면서도 시인은 이러한 물질들이 언젠가 얼굴을 가졌던 존재였다는 것을 잊지 않는다. 그의 두 번째 시집 『누가 우리의 안부를 묻지 않아도』에는 '얼굴'이라는 시어가 자주 등장하는 편인데, 이러한 얼굴은 그의 시가 지켜야 할 본거지를 끊임없이 환기하게 만드는 역할을 한다. 레비나스Levinas적인 의미에서 얼굴이란 자기 고통의 내면성에서 벗어나 타자의 삶으로 향하라는 어떤 명령 자체일진대, 윤석정의 시에서 결코 외면할 수 없는 얼굴들을 입체적으로 떠오르게 하는 동인은 다름 아닌 노래다. 위의 시에서처럼, 할머니의 묘를 묵묵히 이장해 나가는 현장을 생각해 보자. 누군가의 묘소 앞에서 말을 삼가는 마음이 있고, 그 태도에서 시인은 마음의 선율을 읽는다. "울음이 없"지만 고인을 위한 태도가 있고, 담담하게 이별하는 행위에서 "엇박자"의 선율도 느껴진다. 시인만이 감지하는 그러한 선율로 인해 평평하고 납작했던 의미들이 살집처럼 "둥글게 부풀"어 오르며, "이장移葬"은 참여자들 간의 관계를 감지하는 새로운 체험이 된다. 말 그대로, 노래는 무덤을 옮긴다. 타자의 얼굴을 기억하며 타자로 향하는 그 모든 행위들이 언어의 뼈대로 다 표현되지 못하는 "화음"들과 함께하기 때문이다.

이번 시집에서 시인은 시각 체제 안에 완전히 포섭되지 않는 감각들을 동원하면서, 노래의 작용을 더욱 적극적으로 모색해 나간다. 그렇다면 그의 시가 타자에게 향할 때 어떤 발성과 호흡을 갖는지 형식적인 층위에서도 좀 더 자세히 살펴보자.

비의 협주가 막 시작될 무렵 조율하던 기타 줄처럼

비가 퉁, 바람에 휜다

　나는 지상에 앉을 수 없는 새 바람조차 잡을 수 없는
리듬으로 태어난 새 비의 그림자 혹은 입 속의 허공 비
의 연주에서 나와 바람을 타고 한차례 날아다녔던 나
는 비와 비의 중간 즈음에서 머무는 새

　나는 부드러운 울림통에 갇혀 비의 심장을 두드리는
새 비가 지상에 닿는 순간 혀끝을 돌돌 말아 버린 새 비
의 말이라고 했으나 말이라 할 수 없는 벙어리 새

　조율을 마친 기타 줄처럼 팽팽한 비가 퉁, 연주하는
순간마다 나는 소멸한다
— 「비의 발성법」 전문

　윤석정 시인의 첫 시집 『오페라 미용실』(민음사,
2009)을 읽어 본 독자들이라면 아마 이런 식의 언술
방식에 기시감을 느낄 것이다. 「비의 발성법」은 첫 시
집의 서시이자, 시노래로도 불리고 있는 「봉도」라는
시의 전개 방식과 매우 유사한 리듬으로 서술된다. 참
고를 위해 일부를 잠시 인용해 본다.

나는 나를 떠도는 섬

시가 된 나는 떠돌이 섬

내가 있거나 내가 없는 섬

죽음이 언어를 낳는 섬

혹은 언어가 죽음을 낳은 섬

나는 시가 된 섬

나는 떠도는 영혼의 섬

태어난 적이 없는 언어를 찾아 떠도는 섬

—「봉도逢島」 부분

"나는 ~한 A"이라는 동일 구문이 반복, 변주되고 있는 봉도라는 시는, 섬이라는 이미지를 한 폭의 풍경으로 재현하는 방식과는 거리를 두고 있다. '나는 나를 떠도는 섬'이라는 정의는, 다음 연에서 보충되는 듯하다가 그 다음 연에서 다시 재정의되고, 또 다른 연에서 재정의되기를 반복하면서, '태어난 적이 없는 언어'를 찾아 미끄러진다. 모든 어구와 수식들이 '섬'으로 향하고 있지만, '나'와 '시'와 '죽음'과 '언어' 같은 단어가 리드미컬하게 자리바꿈되면서 고정된 섬이라는 이미지는 희뿌예지고, 여러 언어들을 경유하며 떠도는 '나'의 운명이 더욱 부각된다. 어쩌면 섬이라는 것은 '내'가 안착시키려는 의미들이 실패한 기록일진대, 그러한 실패 속에서도 무언가를 찾아 떠돌아야 하는 시인의 천형이 이 시에서는 반복적인 리듬을 통해 더욱 절절해지는 것이다.

은유들의 총공세로 이루어지는 나열식 병치는 이번 시집에서도 어렵지 않게 발견되는 서술 방식이다. 앞서 소개한 「비의 발성법」이란 시도 유사한 언술 형식을 보인다. 시의 첫 행과 끝 행을 싸고 있는 1, 4연을 통해 소리가 태어나게 되는 조건을 살펴보자. 연주되는 동시에 소멸되고 마는 소리들은 공기 중에서 진동하며 사라지기 직전까지 팽팽한 긴장을 유지해야 한다. 악기 스스로 최고조의 긴장을 유지하고 있더라도 또 그것이 다는 아니다. 주변에서 비의 협주가 함께해야 소리는 더 아름답다. 지금도 아름답지만, 더 아름다운 소리를 찾아 귀 기울이는 것. 시인의 관심이란 항용 그런 것에 쏠려 있다.

이제 시의 2, 3연을 살펴보자. 긴장을 유지하며 매끈히 잘 조율된 악기들이 어떤 방식으로 소리를 내는지 상상해 본 적 있는가. 시인은 악기의 내부에서 공명하는 소리들을 동음이의적 효과를 겨냥해서 새라고 지칭해 본다. 그리고 '나는 어떠어떠한 새'라는 어구를 반복하면서 악기 내부, 즉 기타 줄 '새$_{between}$'에서 날아다니는 '새$_{bird}$'들의 생태를 묘사한다. 이런 악기 안에서 날아다니는 새들은 그다지 고상한 움직임으로 묘사되진 않는다. 지상에 차마 앉을 수도 없고, 바람조차 잡을 수 없는 리듬으로 태어난 매우 불안정한 것이다. 잠시 머무는 일시적인 것이고, 부드러운 울림통에 갇혀 밖을 두드려야만 지각된다. 지상에 닿는 순간 혀끝을 돌돌 말아 버리는 천형을 가지고 있으며, 말이면서 말이라 할 수 없는 것들의 내막을 품고 있기도 하다.

청각 장애인들이 사용하는 수어에 대해 설명한 글을 본 적 있다. 일반적으로 농인聾人은 단지 소리를 듣지 못하는 자, 신체적 조건이 일반인보다 취약한 자라고 여기기 쉬우나, 어린 시절부터 수어를 일종의 모국어로 사용하며 성장한 사람들은 소리를 들을 수 있는 청인聽人들보다 훨씬 더 풍부하고 복잡한 공간 패턴을 활용하고 인지한다고 한다. 일반인들에게는 소리를 변형해 단순한 손동작을 하는 것으로 보이겠지만, 수어를 사용하는 이들에게 소리의 번역이란 언어의 복잡성을 공간화해야 하는 일이다. 어휘, 문법, 구문, 감정 같은 것들을 표현하기 위해 공간을 매우 동시적이고 다층적으로 활용하면서 말이다.

윤석정 시인이 소리를 다루는 방식에도 이러한 공간적 섬세함이 깃들어 있다. 이 시에 등장하는 악기는 시인 자신의 내면의 울림통으로도 비유될 수 있을 것이다. 원하는 발성을 하지 못하고, 더 아름다운 연주를 하지 못해 괴로워하는 시인이 있다면, 그의 내면 공간은 아마 이런 지경으로 착잡할 것이다. 시인의 부드러운 울림통에는 착지하지도, 편하게 비상하지도 못한 채 어쩔 줄 몰라 하는 새 한 마리가 살고 있다. 그 입술 사이에서는 언어로 미처 표현되지 못한 복잡성의 고통들이 마임이스트의 수어적 손동작처럼 복잡하고도 강렬하게 떠돈다.

3. 생활의 발견

이토록 복잡한 울림통을 내면에 간직하면서 시인의 언어는 제약을 받는다. 하루하루, 소멸하는 순간순간을 무대 위에서처럼 실감하며 살고 싶은 시인에게 생활의 무게는 너무 고된 것이다. "쉽게 말 못 할 말"들의 목록만 점차 늘어 간다.

"이전보다 말수와 주량이 늘어 갔던"(「스물」) 스무 살의 순전하고 낭만적인 시절도 있었지만, "말 못 할 말"들을 내면의 풍경으로 삼키면서 시인은 이제 "마흔"이란 궤도를 돌고 있다. 세계를 향한 마흔의 발톱은 내향성이다. "마흔 먹은 독수리"처럼 "부리는 길어

질수록 휘었고 발톱은 안쪽으로 말렸으므로 마흔은 함부로 나불거리거나 함부로 할퀼 수 없다"(「마흔」). 직진하기보단 휘는 습관으로, 내뱉기보단 삼키는 훈련으로 마흔 줄의 생애는 펼쳐진다. 하고 싶은 말이 있어도 "문장의 모서리를 몇 번 접어 주머니에 넣고", "행간이 깊어진 절박한 말들"(「말 못 할 말-백수광부 白手鑛夫」)은 "잿더미"의 "난로 안에 던"져지기도 한다.

시인은 스물에서 마흔으로 횡단하면서 가족을 이루고, 가족을 잃고, 사람을 얻고, 사람을 잃었다. 삶을 유지하기 위해서 새로운 사람들을 만나 온 과정과 또 알던 사람을 잃어 가는 과정들이 이 시집에는 아프게 기록되어 있다. 휴대전화에 기록된 이름이지만, 도무지 얼굴로 떠오르지 않는 이름들이 늘어나고, 자신과 관계를 맺었던 여러 얼굴들이 다시 "미지"의 "어둠" (「미지의 나날」) 속으로 달려가기도 한다. 얻어 가는 목록과 잃어 가는 목록들이 교차되는 그 위태로운 현재의 삶은 다음 시에서처럼, 쉬지 않고 깜박깜박거리는 커서의 신호 불안과 같은 형태로 나타나기도 한다.

현기증 나는 수신함을 비운 나는, 비워도 가벼워지지 않은 나는, 가볍게 사는 게 뭔지 모르는 나는, 커서 없이 아무것도 할 수 없는 나는, 정원이 없는 나는 매일 정원을 헤매는 나는, 무수히 나를 복제하는 나는, 심장처럼 깜박이는, 식물 없이 가꾼 정원에 사는, 하루를 시작하는, 앉았다 일어났다 오전을 보내는, 오후로 접속하는, 정원을 넓히는, 멀건 눈동자 같은, 의자에 기댄, 벽을 열면 벽이 열리는, 더 커지지 않는, 문서를 열고 닫는, 앉았다 일어났다 접힌 뱃살을 만지는, 뻐근한 허리를 펴는, 체중이 부푸는, 팔이 번쩍 올리지 못하는, 불감증에 걸린 잡식성 같은, 벽이 출렁이는, 열었다 닫았다 우왕좌왕하는, 심장 없이 정원에 사는, 앉았다 일어났다 안부를 묻지 않는 수신함을 열었다 닫았다 매일 정원을 헤매는, 나보다 현기증 나는 커서가 나의 하루를 가벼이 끌었다

—「커서의 하루」전문

말 그대로 '나의 하루'가 아니라 "커서의 하루"다. 대개의 직장 생활자들은 이런 압박적 리듬 속에서 하루하루를 살아갈 것이다. 인생이라는 무대에서 집중된 극적 경험을 할 수 있는 여유가 없다. 이 시는 매 순간 부딪히는 생활인의 갈등을 내적 리듬으로 가시화되고 있어 인상적이다. '나'를 수식하고 설명하는 무수한 말들이 쉼표를 통해 연이어지지만, 또 쉼표로 인해 분절되고 있다. 정의되면서, 바로 한계 지어지는 삶이

다. 끊임없이 나라는 존재를 해명하려고 시도하지만, '나'의 위치는 커서의 깜박거리는 반복적 주기 속에서 잠시 잠깐 명멸할 뿐이다.

순간순간을 커서가 깜박이듯이 바쁘게 살아가다 보면, 자기 주도적으로 펼쳐지지 않는 삶 속에서 수시로 암전되는 기억들이 있을 것이다. 어떤 시간은 기억 속에서 그렇게 캄캄하게 절삭되기도 하고, 또 어떤 위협적인 시간은 정신없이 뭉쳐져서 눈앞에 덜컥 다가오기도 한다. 바로 다음의 시처럼.

나는 점심을 잊은 것을
저녁이 되어서야 알았다
하루를 뭉치면 일주일이 뭉쳐졌고
일주일을 뭉치면 한 달이 뭉쳐졌다
눈덩이를 뭉쳐서 눈사람을 만들 듯
아이는 아내의 배 속에서 열 달 동안
둥글게 시간들을 뭉치면서 자랐다
돌아보니 아침이었다
나는 아침에 출근하고 밤늦게 퇴근하면서
시간을 펼치려고 자주 시계를 봤지만
매일 잠의 눈꺼풀이 두툼해진 아침이었다
우주가 한 덩이 뭉쳐 놓은

지구를 생각할 겨를도 없이

아침이 아침을 보내기 바빴다

　　　　　　　　　　　—「뭉치는 시간」 부분

　순간순간의 삶을 리듬을 가진 선율 속에서 파악한
다는 것은 쉽지 않다. 대부분의 생활인들은 "지구를
생각할 겨를도 없이" 당면한 시간 앞에 휩쓸리며 산
다. 지나고 나서 돌아보면 뭉쳐진 시간들이 뭉텅이로
지나가 있어 서늘하다. 그러나 세속의 속도 속에서 자
신이 "어김없이 녹아내릴 눈사람" 같은 존재라는 걸
알면서도, 생의 호흡은 주기적으로 깜박이는 커서의
요구에 맞춰 긴박하게 흘러갈 뿐이다.

　시인은 '시간을 뭉치며 산다'는 표현으로 '허한 어른
들의 세계'를 현실감 있게 드러낸다. 그 '뭉쳐진 시간'
속에는 접어 두고, 안으로 삼키며, 밖으로 펼쳐내지
못한 설움들이 가득하다. 그것은 삶에서 만나는 매
순간을 일별하고 언어로 질문하면서 충만하게 펼쳐
나가는 '아이'의 시간과 대조되는 세계일 것이다.

　뭉쳐진 시간들을 감당하면서 "말 못 할" 설움들을
늘려 나가는 것은 비단 시인 개인만이 하고 있는 작업
은 아닐 것이다. 그래서일까. 시인은 "말 못 할 말"들을
내면의 울림통에 가득 채우며 분투하는 이 시대의 가

런한 존재들에게 시종일관 연민의 태도를 보인다. 연민, 즉 '불쌍히 여긴다'라는 말은 '스플랑크니조마이 splagchnizomai'라는 헬라어 어원에서 왔다고 알려져 있다. '내장학'이란 의학 용어와도 연결되는 이 말은 내부 장기, 울림통 깊은 곳에서부터 창자가 뒤틀리듯 아파하는 강렬한 연민의 감정을 말한다. 같은 운명을 가진 이들의 아픔을 공유하며 불쌍히 여기고, 그들의 못다 한 생을 애끓듯 함께 슬퍼하는(「불쌍한 인간」) 이러한 태도가 그의 시 전반에 깊숙이 깔려 있다.

시집의 전반부가 주로 생활 감각 속에서 "말 못 할 말"을 늘려 가는 시인 개인의 이야기로 채워져 있다면, 후반부는 삶을 압박하는 호흡 속에서 "말 못 할 말"들을 내면에 가득 품고 살아가야 하는 주변 이웃들의 이야기가 주류를 이룬다. 그 중에 특히 다음과 같은 시가 인상적이어서 소개하려 한다. 아픔을 겪는 이에게서 잠시도 눈을 떼지 못한 채, 그가 겪는 매 순간의 감각에 다가가려는 시인의 태도가 잘 드러나 있는 작품이다.

오후 내내 반쯤 언 강을 바라보던 그가 신발을 벗고 웃옷을 벗었다 난간에 옷을 걸쳐 놓고 신발을 가지런히 놓았다 강바람이 살갗을 긁어댔다 절망의 멱살조차 잡

아 본 적 없는 손으로 얼굴을 감쌌다 덜 깎인 턱수염을
쓸어내렸다 아주 느리게 손이 떨려 왔다 유람선이 대
교 밑을 느리게 지나갔다 국적 불명의 음악이 잠시 크
게 들렸다 작아졌다 그는 도돌이표처럼 떠도는 음악
너머를 생각했다 유람선이 갈 수 없는 그 너머에서 어
떤 이들의 울음은 노래가 되고 눈물은 얼음이 되었다
그는 뻐근해진 목덜미를 매만지더니 먹구름이 점거한
지평선 너머로 고개를 돌렸다 음표 하나가 그의 속눈
썹에 내려앉았다 눈을 깜박여도 쉬이 떨어지지 않았다
일제히 맨몸으로 떠나왔을 음표들이 흩날렸다 건반처
럼 강의 이마를 흑백으로 수놓았다 그의 거뭇한 얼굴
에 매달린 음표들이 눈물을 내밀었다 그는 떨리는 손
으로 얼굴을 훔쳤다 신발을 신고 웃옷을 입었다 주머
니에 손을 찔러 넣고 걸었다 유람선이 도착한 선착장으
로 느리게 갔다 쉴 새 없이 꼬리를 흔드는 음표들이 그
를 따라왔다

—「말 못 할 말 2─유람선」 전문

다리 위에서 오래도록 강을 응시하는 사람이 있
다. 섬처럼 홀로 다리 위에 붙박여 있던 이에게 오후
내내 다가가는 것들이 없었다. 말 못 할 사연들로 똘
똘 뭉쳐진 한 사내의 시야에는 오로지 투신해야 할

강만 보였다.

사내는 "신발을 벗고 웃옷을 벗"고, 어떤 제의를 행하듯이 자신을 둘러싼 삶을 한 겹 한 겹 내려놓는다. 죽음을 결행하기 직전에는 살아 있는 몸뚱이의 감각이 그 어느 순간보다 강렬하게 느껴질 것이다. "살갗을 긁어"댈 정도로 차가운 강바람이 불고, 죽기 직전까지도 자라고 있는 "덜 깎인 턱수염"이 까끌하다. 떨리는 손의 감각도 느껴진다. 그 많은 감각이 열려 있을 때, 우연히 다리 밑으로 유람선이 한 척 지나가면서 음악이 흘러나온다. 외롭던 사내의 곁에 처음으로 다가온 것은 바로 음악이다. 그 음악은 자신을 삼키는 강만 보게 하는 것이 아니라 "음악 너머를 생각"하게 만든다. 다시 "지평선 너머로 고개를 돌"리게 한다. 도돌이표로 맴도는 음악이 죽음을 결행하려는 마음을 누그러뜨린다. 죽음은 보류된다.

말 못 할 말들이 뭉쳐져 삶의 선율로 펼쳐지지 않을 때, 우리는 직면한 상황을 일거에 처리하고 싶은 유혹에 휩싸인다. 오랜 시간 뭉쳐진 고통들은 '죽느냐 사느냐'의 비장하고 근본적인 질문 앞에 유약한 인간들을 소환한다. 고조된 순간에 무엇을 감각하느냐는 생의 향방을 좌우하는데, 이 시에서 그러한 인간 앞에 우연히 출현한 유람선은, 마치 고대 그리스 연극의 무대에 사용되던 '데우스 엑스 마키나deus ex machina'의 역할을 해 주는 것 같다. 고대 그리스 연극에서는 인간의 능력으로 해결할 수 없이 뭉쳐진 문제들을 종결짓기 위해 가설무대의 기계를 타고 신이 내려오곤 했는데, 그렇게 신이 기계적으로 출현하는 장치를 호라티우스는 '데우스 엑스 마키나'라 칭했다. 도저히 해결될 수 없을 정도로 뒤틀어지고 비꼬인 문제가 파국을 향해 갈 때, 신이 무대 바닥으로 내려와 개입하는 방식인 것이다. 구원의 이유를 찾지 못한 채 다리 위로 올라간 한 인간에게 우연히 한 척의 유람선이 다가오고, 음악이 흘러나온다. 복잡하게 뭉쳐진 삶의 비극을 뚫고 "음표 하나"가 "내려앉"는다. 파국을 향해 질주하던 한 인간은 삶을 유지해도 좋다는 '징표'로 그 '음표'를 받아 든다. 죽음에의 유혹은 끈질기고, 삶을 포기해야 할 이유들은 여전히 실타래처럼 뭉쳐져 있지만, 사내는 우연히 떠돌다 흘러 들어온 배와, 그 배에서 흘러나온 음표들을 식별해 보면서 다시 생의 선율에 몸을 맡기기로 다짐한다.

이 시에서 볼 수 있듯이, 윤석정 시인은 아픈 내면을 가지고 있는 이들을 주시하며, 이들을 음표들의 세계로 초대해 왔다. 데뷔작 「오페라 미용실」에서부터 '음표'들이 세상을 감싸 주는 방식을 시화해 왔고, 이

번 시집에서는 더욱 적극적이다. 삶을 붙들어 주는 음
표들의 작용에 공을 들이며 노래의 효능에 대해 이야
기하고 있다. "그렇게 죽으면 세상에 살아남을 사람이
없다"고, "살아야 한다"(「우리의 음악」)고 이야기하며,
그 많은 고통이 어떻게 삶으로 전환될 수 있는지를 시
인은 시의 '변주곡'으로 증명하려 한다. 그 고통스럽게
뭉쳐진 시간들에 선명하게, "울울창창"하게 대항하는
음표들을 "야생음표"라 이름하면서, 어두워지는 세상
속에서도 그의 음악, 곧 "우리의 음악"을 이어 가려는
것이다.

　　세상이 어두워지자 리듬을 잃어버린 우리는 울부짖
　　는다 우리의 리듬은 야생음표 우리 속에서 날마다 울
　　울창창하다 누가 우리의 안부를 묻지 않아도, 누가 시
　　키지 않아도 야생음표는 피고 견디다 진다
　　　　　　　　　　　　　　　　　　　—「우리의 음악」 부분

4. 저기, '앓은잠'을 자는 이에게까지

　　다시 〈나와 나타샤와 흰 당나귀〉를 처음 듣던 날을
떠올려 본다. 그날의 소리, 그날의 열려진 감각들을 복
기해 본다. 검은 밤, 희뿌연 조명이 눈처럼 푹푹 나리

고, 그 노래를 이루던 음표들도 머리 위로 푹푹 나리던 밤이었다. 세속의 뭉쳐진 고민들을 뒤로하고, 노래의 선명한 음표들을 먼저 발견하는 순간이었다.

우연히 흘러 들어온 음표들이 그렇게 몸의 감각을 뒤흔들어 놓은 순간을 기억한다. 윤석정 시인도 언젠가 비슷한 체험을 했을 것이다. 노래와 무대가 여는 정동의 감각들에 집중하면서, "야생음표"의 강렬한 작용들이 살아 있는 시들에 집중해 온 것들을 보면 알 수 있다. 시에서 야생음표를 발견하고, 그 선율에 따라 노래하고 들려주는 일은 언젠가부터 그의 시의 현재가 되었다. 또 미래가 되었다. "생은 태어나기 전 겉을 갖고 있다"(「봄봄」)는 말처럼, 시에서 결코 포기할 수 없는 '겉'들이 있다는 것을 신뢰하며, 그는 축소될 수 없는 시의 원형을 꿈꿨으리라.

그에게 시는 읽히는 것이라기보단 체험되는 것이다. 독자와, 음악과, 모든 감각과의 '비-관계'를 대신하면서 시란 감응의 최대치로 도래해야 하는 것이다. 말하는 것이 아니라 들려주는 것이며, 나의 독백이 아니라 누군가와의 대화다. 그 대화는 고통으로 뭉쳐진 삶을 견디지 못한 채 다리 위로 올라간 사람에게도 향하고, 시집 4부에 실린 시에서처럼 쪽창 앞에서 "앉은잠"을 자는 자세로 죽어 가는 어떤 병자에게까지도 향할 수 있어야 한다.

한낮의 볕이 침대에서 한소끔 끓다가 거의 다 식어
갈 때까지

한 뼘도 움직이지 않고 쪽창 아래 의자에 앉아 있는

잘게 부서지고 흩어지다가 갑자기 가늘어진 볕을 쬐
고 있는

하루하루 손꼽아 기다렸던 일일연속극처럼 기억의
채널을 돌리는

목구멍에 자란 병을 절제하면서 니은 모양으로만 자
야 하는

밤새 침대에 눕지 못한 잠 떼가 몰려와 자기도 모르
게 눈을 풀었다가 잠그는

어느 채널에 지난날을 통째로 붙잡히고 남은 시간의
초침을 세듯 머리를 꾸벅거리는

죽을 때까지 침대에 바로 누울 수 없는

사람, 한때 사람 형상이었다가 폭삭 사그라지는
　　　　　　　　　　　　　　—「앉은 잠」전문

　그 어떤 장소로도, 그 어떤 불편한 포즈로 살고 있
는 이들에게도, 시는 흘러간다. 노래는 도달한다. 그보
다 분명한 믿음을 나는 알지 못한다.

누가 우리의 안부를 묻지 않아도

2021년 1월 31일 1판 1쇄 펴냄

지은이	윤석정
펴낸이	김성규
편집	김은경 미순 조혜주
디자인	김동선
펴낸곳	걷는사람
주소	서울 마포구 월드컵로16길 51 서교자이빌 304호
전화	02 323 2602
팩스	02 323 2603
등록	2016년 11월 18일 제25100-2016-000083호

ISBN 979-11-91262-18-6 04810

ISBN 979-11-89128-01-2 (세트)

* 이 도서는 한국출판문화산업진흥원의 '2020년 출판콘텐츠 창작 지원 사업'의 일환으로
  국민체육진흥기금을 지원받아 제작되었습니다.
* 이 책 내용의 전부 또는 일부를 재사용하려면 반드시 지은이와 출판사의 동의를
  얻어야 합니다.
* 잘못된 책은 교환해 드립니다.